Keiko Kasza

最强大的勇士

庆子·凯萨兹

贵州出版集团公司　贵州人民出版社

庆子·凯萨兹（Keiko Kasza）出生于日本，后赴美国进修，主攻绘图设计，从事图画书创作 14 年之久。她在创作的同时，会将自己尽情置入角色扮演的空间，渗透于神秘的想象境界之中。她认为唯有如此才能彻底激发出自己潜在的原动力。每位专业执着的图画书创作者，总期许能创作出呈现自我认定的代表作。庆子不在乎能创造几千几百本的作品数量，却真心渴求一本无论跨越多少时空，皆能永远珍藏于每个家庭的经典绘本。

图书在版编目（CIP）数据

大师名作：庆子·凯萨兹／（美）凯萨兹著；范晓星译.
—贵阳：贵州人民出版社，2007.10
　ISBN 978-7-221-07879-7

Ⅰ.大… Ⅱ.①凯…②范… Ⅲ.图画故事—美国—现代 Ⅳ.I561.85

中国版本图书馆 CIP 数据核字（2007）第 151423 号

最强大的勇士　[美]庆子·凯萨兹 著　范晓星 译

出 版 人	曹维琼	电　话	010-85805785（编辑部）
策　划	远流经典文化	网　址	www.poogoyo.com
执行策划	颜小鹏 李奇峰	印　制	北京雅迪彩色印刷有限公司(010-85381647)
责任编辑	苏桦 静博	版　次	2007年11月第一版
设计制作	曾念	印　次	2011年3月第八次印刷
出　版	贵州出版集团公司 贵州人民出版社	成品尺寸	207mm×241mm 1/16
		印　张	8
地　址	贵阳市中华北路289号	定　价	48.00元（全4册）

如发现图书印刷质量问题，请与印刷厂联系调换　版权所有，翻版必究；未经许可不得转载

To Jamie and Danny

在寂静的森林深处，一顶金色的王冠静静地躺在一块大岩石上。

一天，三个动物发现了这顶王冠。

"谁捡到就归谁！"熊大喊，"王冠是我的。"

"没门儿，"大象说，"是我先看到的。"

"等一下，伙计们，"狮子说，"石头上刻着字呢，写得是给'最强大的勇士'。"

"哦，那好吧，"狮子说着，把王冠抓过来，"很明显喽，这王冠是我的。"

"不，不是你的，"熊说，"我才是最强大的勇士。"

"都给我靠边站，"大象说，"把我的王冠还给我。"

三个动物就这样争论不休。突然，狮子看到远处走过来一个瘦小的老妇人。

"听着，"狮子小声说，"让我们来了结这件事吧。我们每个人都来吓一吓那个老太婆。她最害怕谁，这顶王冠就归谁。"

"听上去还算公平，"其他两个动物同意了。

他们藏在灌木丛后面，焦急地等待那个老妇人走近。当她终于走到灌木丛边的时候……

狮子先跳了出来。

"嗷——嗷——"

"啊呀，我的天呐！"瘦小的老妇人喊起来，
"你把我的魂儿都吓飞啦！"

接着熊也跳出来。

"呃——呜——"

"啊呀，我的天呐！"瘦小的老妇人喊起来，
"你把我的魂儿都吓飞啦！"

最后轮到大象了。他深深地吸了一口气，
然后……

"叭——呜——"

"啊呀，我的天呐！"瘦小的老妇人喊起来，
"你把我的魂儿都吓飞啦！"

没有办法搞清楚老妇人最怕他们
当中的哪一个。

"我的嗷嗷,把她吓得一蹦三尺。"
狮子自夸道。

"我的呃呜,把她震得浑身发抖。"
熊咆哮道。

"我的叭呜,把她吹得无影无踪。"
大象大吼道。

他们都忙着争论,谁也没有注意到
身边又来了一个家伙。

突然，这个无比高大的巨人凌空对他们三个喊道："去你们的嗷、呃、叭、呜！我才是世界上最高大、最狠毒、最强壮的勇士。把那顶王冠给我！"

巨人把王冠戴在头上,然后把三个动物一股脑儿夹到胳膊下面。

"我要证明给你们看,我才是最强大的勇士。"巨人咆哮着,"我要把你们通通丢下悬崖!"

"救命! 有人吗? 救救我们呐!"三个动物号啕大哭起来。

可是现在谁能救他们呢?

就在此时,传来一声尖叫……

…… "小志！"

巨人被吓得跳到半空，丢开动物，一屁股摔在地上。

就在那儿，站在世界上最高大、最狠毒、最强壮的巨人面前的，不是别人……正是那个瘦小的老妇人。

她把巨人的魂儿都吓飞啦！

"小志！"老妇人喊道，"我告诉你多少次啦，不要欺负可怜无助的动物。"

"嗯，嗯，很多次啊，妈妈，"巨人呜咽着说，"我再也不敢了。真的，妈妈，我保证。"

"那好吧，小志。"老妇人说，"听你这么说我很高兴。"

三个动物简直不敢相信他们的眼睛。他们从巨人头上拿过王冠……

……把它郑重地戴在老妇人的头上。

"千真万确！"狮子说。

"毫无疑问！"熊说。

"这顶王冠是属于您的,夫人！"大象说。

"啊呀,我的天呐！"瘦小的老妇人不好意思地说,"真是不敢当呢！"

"可是……"老妇人说，"我真的不需要这个，还是把它放回你们找到它的地方吧！"

"放回去？"他们齐声问道。

"是啊，"瘦小的老妇人说，"我有一顶小帽子，足够啦。"

小志和三个动物都无比钦佩地注视着她。

原来，最强大的勇士根本不需要戴王冠！

他们离开了，森林重归寂静。
金色的王冠静静地躺在石头上，就像从前一样。

没过多久，直到……